DEDEMİN ADASI

Dedeme...

SEV Yayıncılık Eğitim ve Ticaret A.Ş.
bir Sağlık ve Eğitim Vakfı kuruluşudur.
Nuhkuyusu Cad., No. 197 Üsküdar İş Merkezi, Kat 3,
34664 • Bağlarbaşı, Üsküdar, İstanbul
Tel.: (0216) 474 23 43 • Sertifika No. 45278

Dedemin Adası

Metin ve Resimler: © 2015 Benji Davies
Orijinal Eser: © 2015 Simon & Schuster UK Ltd
1st Floor, 222 Gray's Inn Road, London, WC1X 8HB
A CBS Company
Türkçe Çeviri: © 2017 SEV Yayıncılık Eğitim ve Ticaret A.Ş.
Türkçe baskısı Simon & Schuster'in izni ile yayımlanmıştır.

Yazan ve Resimleyen: Benji Davies
Özgün Adı: Grandad's Island
Çeviren: Oğuzhan Aydın
Yayın Yönetmeni: S. Baha Sönmez
Editör: Burcu Ünsal Çeküç
Son Okuma: Gökçe Ateş Aytuğ
Baskıya Hazırlayan: Hüseyin Vatan

Birinci Baskı: Haziran 2017
Yedinci Baskı: Aralık 2022
ISBN: 978-605-9781-55-8

Bu kitap Çin'de basılmıştır.

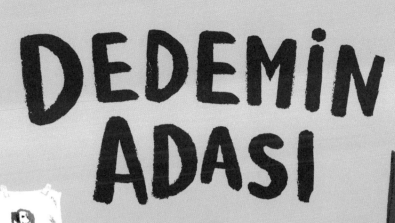

DEDEMIN ADASI

Benji Davies

Çeviren: Oğuzhan Aydın

REDHOUSE
kidz

Sid'lerle dedesinin evi arasında bir bahçe
kapısıyla büyük bir ağaç vardı.

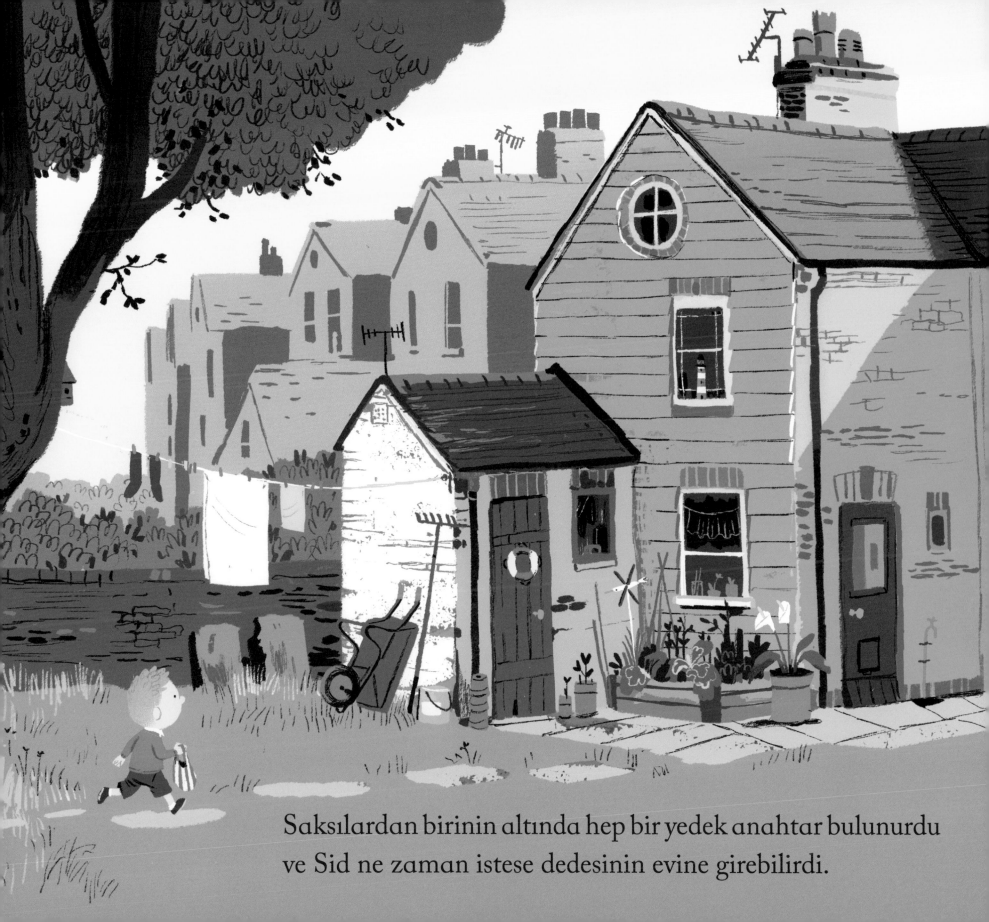

Saksılardan birinin altında hep bir yedek anahtar bulunurdu
ve Sid ne zaman istese dedesinin evine girebilirdi.

Bir gün Sid eve girip
dedesine seslendi.

Ama onu bir türlü
bulamadı.

Tam evden çıkacakken
dedesinin ona seslendiğini duydu.

"Hah, işte buradasın!" dedi dedesi.
"Görmeni istediğim bir şey var."

Sid dikkatlice merdiveni tırmandı.
Daha önce dedesinin evinde tavan
arasına hiç girmemişti.

Etraf kutularla ve dedesinin dünyanın
dört bir yanından topladığı şeylerle doluydu.

Tavan arasının en uçta kalan duvarına bir perde asılmıştı.
Dedesi bu perdeyi çektiğinde arkasından büyük bir metal kapı çıktı.
"Önden buyur," dedi.

Sid kapının kilit çarkını çevirdi
– **ÇIKIRT** – ve ağır kapıyı itti.

Kapı upuzun bir geminin güvertesine
açılmıştı. Etraflarında çatılardan bir
okyanus vardı.

Dedesi bir kolu çekti. Geminin düdüğünden **BUUUUUUUP!** diye bir ses çıktı ve gemi ilerlemeye başladı. "Sıkı tutun!" diye heyecanla bağırdı dedesi.

Sid'in dedesi dümeni çok iyi kullanıyordu; dalgaların arasından süzülürcesine ilerliyorlardı.

Kilometrelerce yol katettiler, etraflarında sadece deniz ve gökyüzü, gökyüzü ve deniz vardı. Derken, en sonunda, ufukta bir karaltı gördüler.

"KARA GÖRÜNDÜ!"
diye bağırdı Sid.

Demir atıp kıyıya çıktılar.

"Dede, bastonunu almayacak mısın?" diye sordu Sid.

"Yok, ihtiyacım olacağını sanmıyorum," dedi dedesi.

Adanın sık ormanlarında
hava çok sıcaktı.
"Sığınak yapacak güzel bir yer
bulmalıyız," dedi dedesi.

Adanın tepesine ulaştıklarında, ağaçların arasından esen serin bir rüzgâr karşıladı onları. Burada eski bir kulübe buldular.

Yapacak çok iş vardı ama biraz yardım alarak kısa sürede her şeyi düzene oturttular.

Adayı baştan aşağı gezdiler.
Her köşede onları bekleyen
doğa harikaları vardı.

Burası dünyanın en güzel yeriydi.
Sid sonsuza kadar bu adada kalmak
isterdi.

Ama çok yakında eve dönme vaktinin geleceğini biliyordu.
"Sid, sana söylemek istediğim bir şey var," dedi dedesi. "Şey…

…ben burada kalmayı düşünüyorum."
"Aaa," dedi Sid. "Ama yalnız olmaz mısın o zaman?"

"Hayır… merak etme, yalnızlık çekeceğimi sanmıyorum," dedi dedesi gülümseyerek.

Yola çıkmadan önce Sid, dedesini son
bir kez kucakladı. Onu çok özleyecekti.

Herkes Sid'i uğurlamaya geldi.

Gemi, dalgaların arasından savrula savrula ilerliyordu.

Dedesi yanında olmayınca, yolculuk Sid'e daha uzun gelmişti. Ama yine de sağ salim evine vardı.

Ertesi sabah, Sid tekrar dedesinin evine gitti.

Ev her zamanki gibiydi. Sadece dedesi artık orada değildi.

Tavan arası çok sessizdi.
Büyük, metal kapı yok olmuştu;
sanki hiç orada olmamış gibi...

Sonra Sid bir şeyin cama vurduğunu duydu.
Ne olduğunu merak edip pencereye gitti.

Pencere pervazında
bir zarf vardı.

Sid dikkatlice zarfı açtı.